VENTE

DU

Mardi 28 Juin 1910

HOTEL DROUOT

SALLE Nº 6

COLLECTION Victor DAUNAY

DESSINS & ESTAMPES

EXEMPLAIRE DE H. STETTINER

Mᵉ JULES HUGUET
Mᵉ ANDRÉ DESVOUGES

COMMISSAIRES-PRISEURS

M. GEORGES RAPILLY

EXPERT

Collection Victor DAUNAY

DESSINS & ESTAMPES

CONDITIONS DE LA VENTE

Elle sera faite au comptant.

Les acquéreurs paieront 10 p. 100 en sus du prix d'adjudication.

M. RAPILLY se réserve la faculté, dans l'intérêt de la vente, de réunir ou de diviser les numéros du catalogue. Il remplira les commissions qu'on voudra bien lui confier.

L'Exposition permettant au public de se rendre compte de l'état et de la qualité des dessins, aucune réclamation ne sera admise une fois l'adjudication prononcée.

Tous les dessins catalogués sont encadrés, sauf indication contraire.

ORDRE DE LA VACATION

Estampes.	Nos 188 à 216
Dessins.	Nos 1 à 187
Dessins et estampes en lots.	No 217

CATALOGUE

DE

BEAUX DESSINS

ANCIENS & MODERNES

RELATIFS A

L'Architecture et à la Décoration

ŒUVRES DE :

BALTARD, BOUCHET, CICÉRI, DECAMPS, DELAFOSSE, DUBAN
FONTAINE, GUYS, HITTORFF, HUBERT, LEDOUX, MANSSON, NICOLLE
PANINI, PERCIER, PERLIN, THIBAULT, VIOLLET-LE-DUC
VISCONTI, ETC.

et d'Estampes anciennes et modernes

PROVENANT DE

la Collection de M. Victor DAUNAY

Ancien Architecte.

DONT LA VENTE APRÈS DÉCÈS AURA LIEU

A PARIS, HOTEL DROUOT, SALLE N° 6

Le Mardi 28 Juin 1910, à 2 heures précises

Par le ministère de :

Me Jules HUGUET	**Me André DESVOUGES,**
Commissaire-Priseur	Commissaire-Priseur
	Successeur de Me MAURICE DELESTRE
4, RUE PASQUIER, 4	26, RUE GRANGE-BATELIÈRE

Assistés de **M. Georges RAPILLY**

Marchand d'Estampes de la Bibliothèque Nationale

9, QUAI MALAQUAIS, 9

Exposition publique à l'Hôtel Drouot,
le Lundi 27 Juin 1910, de 2 heures à 5 heures.

S. de Ricci

DESSINS ANCIENS

ET MODERNES

AQUILA (Pierre).
(1724-1795)

1. Bataille de Constantin contre Maxence.

   Aquarelle. H. 43, L. 67.

AUBERT

2. Paysage en forêt.

   Dessin à la mine de plomb signé AUBERT PÈRE. H. 35, L. 50.

BALLU (Th.).
(1817-1885)

3. Vue perspective de l'intérieur de Saint-Pierre de Rome.

   Très belle aquarelle signée et datée 1845. Vente Ratier, 1849.

4. Vue du temple de Minerve Poliade (Acropole) à Athènes.

   Belle aquarelle signée et datée 1845. Vente Ratier 1849. H. 26, L. 40.

5. Autre vue du même temple, côté des cariatides.

   Belle aquarelle signée et datée 1845. Vente Ratier, 1849. H. 26, L. 40.

BALTARD père (L.-P.).
(1764-1846)

6. **Vue de la place et de la colonne Vendôme à Paris.**

305

    Aquarelle signée et datée 1828, avec dédicace au Dr Larrey. H. 42, L. 31.

7. **Chapiteau et entablement.**

    Dessin lavé à l'encre de Chine. Coll. Gourlier. H. 22, L. 16.

BALTARD (Victor).
(1805-1874)

8. **Vue de l'escalier de la crypte de Saint François d'Assise à Assise.**

78

    Très jolie aquarelle signée et datée 1848. H. 24, L. 18.

BENOUVILLE (Léon).
(1821-1859)

9. **Etude d'homme.**

    Etude au crayon noir. H. 30, L. 17. Cachet vente Benouville

10. **Porche de l'église de San Giovani à Rome.**

    Aquarelle datée 1847. H. 33, L. 24.

BENTABOLLE

11. **Vue de la falaise d'Etretat.**

    Peinture à l'huile. H. 12, L. 23.

BERNIN (Le).
(1598-1680)

12. **Obélisque et fontaine de la place Navone à Rome.**

75

    Beau dessin à la plume rehaussé d'encre de Chine et de sépia. H. 56, L. 33.

BERTHELIN (Max).
(1811-1877)

13. Vue de l'église Saint-Eustache à Paris pendant la démo-
lition pour la construction des Halles.

> Très belle aquarelle signée et datée 1850. H. 34, L. 50.

14. Vue prise à Jérusalem (pour l'ouvrage de Gau, Voy. en
Syrie).

> Aquarelle. H. 15, L. 10.

BIBIENA
(1657-1743)

15. Perspective d'un palais richement orné dans lequel se
trouve un astronome.

> Dessin à la plume lavé à l'encre de Chine. H. 39, L. 27.

BLŸK (F. J. r. d.).

16. Marine hollandaise.

> Aquarelle signée. H. 28, L. 38.

BŒSWILLWALD (E.).
(1815-1896)

17. Peinture murale du XIVᵉ siècle Cathédrale de Coutances.

> Aquarelle signée et datée 1842. Coll. Lassus. H. 47, L. 27.

18. Vitrail de l'église St Guillaume à Strasbourg.

> Lavis à l'encre de Chine et en couleurs. H. 45, L. 21. Vente
Lassus, 1858.

BOISSELIER

19. Vue du temple de Vesta, à Tivoli.

> Dessin à la plume lavé à la sépia. H. 46. L. 34.

BOUCHET (JULES).
(1799-1860)

20. Fontaine Richelieu, place Louvois, édifiée par Visconti. Plans et élévation.

> Dessin au lavis de forme ronde. H. 74.

21. Perspective intérieure de la basilique St Clément à Rome.

> Très belle aquarelle signée. H. 49, L. 27.

22. Vue perspective de la voie des tombeaux à Pompéï.

> Aquarelle de forme elliptique. H. 34, L. 44. Vente Lance, arch.

BOUTON

23. Intérieur d'église.

> Sépia signée. H. 21, L. 16.

BRASCASSAT (R.).

24. Environs de Naples.

> Aquarelle signée et datée 1829. H. 18, L. 26.

BURY (G.).

25. Réunion de motifs d'architecture de toutes les époques. Grand frontispice.

> Lavis à l'encre de Chine, signé et daté 1810. H. 62, L. 100.

CAMBON (CH.-ANT.).
(1802-1875)

26. Le Marché aux chevaux.

> Aquarelle. H. 24, L. 23.

CASSAS (L.-FR.).
(1756-1827)

27. Ruine antique.

> Aquarelle. Le même cadre contient un dessin à la plume signé V. FOULQUIER.

CHARLET (Nic.).
(1792-1845)

28. Fantassin assis.

Dessin au crayon rehaussé de couleurs, signé. H. 36, L. 27.

CHENAVARD (Aimé).
(1798-1838)

29. Intérieur d'appartement, époque de Louis-Philippe.

Très beau dessin à la plume et au bistre. Vente Edm. Blanc. H. 60, L. 49.

CICÉRI (P.-L.-Ch.).
(1782-1868)

30. Projet d'un grand décor d'Opéra : La Caverne d'Ali-Baba, ou les 40 voleurs.

Belle aquarelle signée et datée. H. 36, L. 52. Vente Cicéri 1849.

31. Monument druidique. Projet de décor de théâtre.

Belle aquarelle. H. 35, L. 52.

32. Intérieur d'une grange. Décor de théâtre.

Belle aquarelle très riche de couleur, signée et datée 1838. Vente Cicéri, 1849.

33. Décors de théâtre. Le château d'If. — Décors de l'Enfer pour Don Juan.

Deux aquarelles. H. 37, L. 57.

CIVETON

34. Intérieur de la cath. de Beauvais. — Église S¹ Jean à Soissons. — S¹ Maclou à Pontoise. — S¹ᵉ Clotilde (Eure).

Quatre petits dessins à l'aquarelle. H. 13, L. 9.

CLERGET (Hubert).

35. Vue de la porte du Baptistère au Palais de Fontainebleau.

150

Belle aquarelle signée. H. 35, L. 52. Le même cadre contient : vue de la Fontaine de l'Éléphant prise du boul. S' Antoine, d'après le projet original d'Alavoine. Belle aquarelle signée : E. Dubois, 1823. H. 38, L. 52.

CLÉRISSEAU (Ch.-L.).

(1722-1820)

36. Ruines d'un temple romain.

500

Dessin à la plume et à la sépia. H. 60, L. 35.

COCHIN (?)

37. La Sainte Trinité. Étude.

Aquarelle. H. 28, L. 21.

COGNIET (Léon).

(1794-1880)

38. Le Frère Charles du Mont-Carmel. Portrait en pied.

Dessin à la mine de plomb. H. 26, L. 16. On y a joint la gravure de Dien. En feuilles.

DAGUERRE (Louis).

(1789-1851)

39. Un intérieur de ferme. Décor.

Dessin à la plume et à l'encre de Chine. H. 20, L. 32.

DECAMPS (Alex.-Jos.).

(1803-1860)

40. Récréation d'enfants (Turquie d'Asie) 1842.

1.400

TRÈS BEAU DESSIN. Le paysage est au fusain, les personnages sont peints à l'huile. H. 52, L. 81.

DELAFOSSE (J.-Ch.)
(1734-1789)

41. Grand mausolée dans l'intérieur d'une église.

400   Très beau dessin à la plume et à la sépia. H. 67, L. 50.

DEMORT-DUGOURC (J.)

42. Montant d'ornement orné d'arabesques.

300   Lavis à l'encre de Chine et en couleurs. H. 80, L. 43.

DEROY (Is.-L.)
(1797-1886)

43. Perspective de la Maison Carrée à Nimes.

    Aquarelle signée et datée 1826. H. 25, L. 38.

DESPREZ (J.-L.)
(1743-1804)

44. Perspective intérieure de l'École Royale des Ponts et Chaussées, animée d'un grand nombre de figures.

300   Beau dessin à la plume signé. H. 44, L. 83.

DORÉ (Gustave)
(1833-1883)

45. Études de figures.

    Croquis à la mine de plomb. Vente Gust. Doré. H. 23, L. 34.

DUBAN (Félix)
(1797-1870)

46. Un palais romain à l'époque Impériale. Composition décorative.

2250   ŒUVRE CAPITALE. Superbe aquarelle d'un riche coloris et d'une grande fraîcheur de ton, signée et datée 1831. A figuré à l'Exp. Universelle de 1855 (Médaille d'or) et à l'Exp. des Œuvres de Duban à l'École des Beaux-Arts en 1872. Provient de la vente Ed. Blanc, 1850. H. 58. L. 48.

DUBAN (Félix).
(1897-1870)

47. Souvenir de Pompéi. La voie des tombeaux (frontispice).

> Aquarelle. H. 29, L. 20.

DURAND-BRAGER
(1814-1879)

48. Marine.

> Dessin au crayon noir rehaussé de gouache sur papier teinté, signé avec dédicace et daté 1843. H. 22, L. 40.

ÉCOLE FRANÇAISE
(Commencement du xixᵉ siècle.)

49. Vue perspective de la place de la Concorde et des Champs-Élysées, prise du jardin des Tuileries. Projet de décoration et d'arrangement de la place.

> Aquarelle. H. 33, L. 85.

50. Projet de décoration de la place de la Concorde.

> Beau dessin à l'aquarelle. H. 25, L. 72.

51. Façades du château de Maisons. — Façade des écuries. 1804.

> Trois dessins au lavis en feuilles. H. 30, L. 45.

52. Dix-huit croquis divers par des pensionnaires de l'École de Rome.

> 18 croquis crayon et sépia par Garnaud, Lesueur, Lemaire, etc., réunis en 2 cadres.

53. Deux frises : compositions antiques.

> Deux dessins au lavis sur pap. bleu. H. 20, L. 48.

ÉCOLE FRANÇAISE

450

54. Vue d'une rivière.

Gouache.

55. Deux gouaches : vue prise au bord de la mer; vue d'une rivière.

56. Perspective intérieure d'une église à Rome.

Aquarelle. H. 19, L. 15.

57. Arc de Titus à Rome.

Aquarelle datée 1853. H. 25, L. 32.

ÉCOLE ITALIENNE

(XIXᵉ siècle.)

280

58. Fresque décorée d'arabesques et ornée de trois gracieuses compositions : Vénus désarmant l'amour, d'après Paul Véronèse; L'Aurore et le Soir, d'après Raphaël.

Superbe gouache sur peau. H. 31, L. 54.

75

59. Vue prise sur le Grand Canal à Venise. — Vue de la Basilique St Marc.

Deux jolies petites gouaches faisant pendants. H. 15, L. 19.

FLANDIN (Eugène).
(1809-1876)

50

60. Vue des ruines d'un temple à Persépolis.

Belle aquarelle signée et datée 1841. H. 21, L. 34.

FOISSEY (Hyacinthe).

61. Château Henri II sur le bord d'une rivière.

Aquarelle signée. H. 26, L. 21.

FONTAINE (P.-Fr.-L.).
(1762-1853)

600

62. Vue perspective d'un des cafés des Champs-Élysées.

Très beau dessin à l'aquarelle. H. 20, L. 33.

63. Vue du Campo Vaccino à Rome.

Beau dessin à l'encre de Chine et à la sépia. H. 44, L. 33. Coll. Achille Leclere.

64. Vues prises à Florence et à Gênes.

195

Deux petites peintures à l'huile. H. 22, L. 15. Coll. Ach. Leclere 1854.

GARREZ (P.-J.).
(1802-1852)

65. Vue de la crypte de l'église St François d'Assise.

Belle aquarelle signée et datée 1842. H. 32, L. 50. Coll. Ach. Leclere.

GENAIN

66. Paysage avec fontaine et personnages au premier plan.

Dessin au trait rehaussé de couleurs. H. 40, L. 58.

67. Paysage romain avec un viaduc.

Aquarelle. H. 40, L. 58.

GINAIN (Léon).
(1825-1898)

65

68. Vue du Parthénon à Athènes.

Aquarelle signée avec dédicace. H. 18, L. 28.

GMELIN (G.-F.).
(1745-1831)

69. Vues perspectives des dessous du Colisée à Rome.

Deux dessins à la sépia signés et datés 1806. H. 23, L. 32.

GRANET (Fr.-M.).
(1775-1849)

70. Vue d'une crypte avec tombeaux.

Aquarelle signée et datée 1836, avec dédicace. H. 23, L. 35.

GRANDJEAN DE MONTIGNY
(1776-1850)

71. Divers fragments antiques.

Dessin à l'encre de Chine. H. 24, L. 18.

GUIAUD (J.).

72. Vues du Tyrol.

Deux petites aquarelles signées. H. 17, L. 11.

GUYS (Constantin).
(1805-1892)

73. Scènes de mœurs, costumes, etc.

13 dessins à la plume, à la sépia et à l'aquarelle, en feuilles.

74. Costumes militaires, chevaux, etc.

9 dessins à la plume, à la sépia et à l'aquarelle, en feuilles.

HAMON (J.-L.).
(1821-1874)

75. Tête de femme.

Dessin à la mine de plomb. H. 12, L. 10.

HARTMANN (Fritz).

76. Sujet champêtre. Enfant couché dans la campagne auprès de sa mère.

Aquarelle. H. 22, L. 28.

HAUDEBOURG
(1788-1849)

77. Vue de Rome, prise du haut du Monte Pincio.

Beau dessin à l'aquarelle signé des initiales et daté 1840. H. 24, L. 33.

HITTORFF (J.-I.)
(1792-1867)

78. Vue d'une basilique antique restituée.

Belle aquarelle (1835) provenant de la vente Edm. Blanc, 1850. H. 24, L. 30.

HOREAU (Hector).
(1801-1871)

79. Vue de l'église Ste Gudule à Bruxelles. Une procession.

Belle aquarelle signée. H. 26, L. 18. Vente Gourlier.

HUBERT (J.-B.-Louis).

80. Chute d'eau et rochers du canton de Berne.

Belle et grande aquarelle signée et datée 1838. H. 62, L. 95. Coll. du Roi Louis-Philippe, 1853.

81. Vue de la chute d'eau d'un moulin.

Très jolie aquarelle signée. H. 26, L. 35.

HUVÉ (J.-J.-M.).
(1783-1852)

82. Vue perspective d'une piscine antique. — Porte avec cariatides et pampres de vigne. Compositions de Thibault.

Deux dessins lavés, en couleurs. H. 16, L. 11.

HUYOT (J.-Nic.).
(1780-1840)

83. Palais de Justice de Paris. Vue générale du projet approuvé par le Conseil Général du 28 oct. 1838.

> Aquarelle vue à vol d'oiseau. H. 27, L. 40.

ISABELLE (Ed.).
(1800-1880)

84. La voie sacrée à Rome, vue perspective.

> Aquarelle. H. 18, L. 27.

ISABEY (J.-B.).
(1767-1855)

85. Perspective intérieure d'un palais de Gênes.

> Sépia signée et datée 1811. H. 11, L. 15.

ISABEY (Eugène).
(1803-1886)

86. Vue du château et du port de Dieppe.

> Dessin à l'aquarelle signé et daté 1841. H. 31, L. 43. Le même cadre contient une belle aquarelle signée : Hubert. Paysage avec un cloître et une chapelle. H. 37, L. 48.

JOHANNOT (Tony).
(1803-1852)

87. Poupe d'un navire.

> Aquarelle signée et datée 1850. H. 46, L. 32.

JOYAU (A.).

88. Vue de l'intérieur du Panthéon de Rome.

> Aquarelle signée. H. 44, L. 35. Vente Joyau.

89. Vue de l'Acropole à Athènes.

> Aquarelle signée. H. 33, L. 50. Vente Joyau.

JUGELET (AUG.).

90. Vue de l'entrée du port de Dieppe.

Peinture à l'huile. H. 12, L. 22.

91. Deux marines.

Peintures à l'huile (grisailles). H. 15, L. 19.

LACROIX (EUGÈNE).
(1814-1873)

92. Intérieur de la Basilique de Saint-Clément à Rome.

Aquarelle signée et datée 1839. H. 25, L. 21.

LEBAS (HYPP.).
(1782-1867)

93. Tombeau du cardinal Basso dans l'église Ste Marie du Peuple à Rome.

Dessin au trait et à la sépia, signé. H. 32, L. 22. Vente H. Lebas.

LE BAS et DEBRET

94. Trône impérial aux Tuileries.

Dessin lavé à l'encre de Chine et en couleurs, signé. H. 47, L. 38. Vente Odiot, 1850.

LECOINTE (JEAN).
(1783-1858)

95. Cour intérieure d'une maison.

Aquarelle signée. H. 33, L. 25.

LEDOUX (Cl.-Nic.).
(1736-1806)

96. Projet de décoration de la place du Panthéon à Paris.
Beau dessin colorié. H. 50, L. 70.

97. Projet d'un hôtel aux Champs-Élysées. 1802.
Très belle aquarelle animée de nombreux personnages. Elle est signée des initiales L. D. et datée 1802. H. 31, L. 48.

98. Projet d'un théâtre pour une ville de province. 1802.
Aquarelle. H. 24, L. 36, en feuilles.

LE THIERS (G. Guillon, dit).
(1760-1832)

99. Épisode de l'histoire romaine.
Grand dessin lavé de bistre, signé et daté 1789. H. 63, L. 100.

LÉVEIL (J.-A.).
(1806-1866)

100. Vues des Forums Grec et Romain.
Deux dessins coloriés, signés et datés 1838 et 1839. Coll. Ach. Leclere. H. 18, L. 25.

MANGUIN (Pierre).
(1815-1869).

101. Église de la Ferté-St-Bernard (Sarthe). Détail d'une travée de la façade sud.
Dessin au trait lavé et teinté. H. 98, L. 60.

102. Décoration de l'obélisque de la place de la Concorde. Effet de jour et effet de nuit pour une fête vers 1849.
Deux aquarelles faisant pendants. H. 61, L. 49. Coll. Ch. Blanc.

103. Vue d'une des fontaines de la place de la Concorde. Effet de nuit pendant la fête de mai 1848.
Aquarelle. H. 23, L. 33.

MANSSON (Théodore-Henri).

104. Vue de la cathédrale de Rouen.

> Beau dessin à la mine de plomb, signé et daté 1833. H. 57, L. 44.

105. Jubé de l'église de la Madeleine à Troyes.

> Belle aquarelle signée et datée 1847. H. 35, L. 25.

106. Façade de la cathédrale de Rouen.

> Beau dessin à l'aquarelle signé et daté 1848. H. 28, L. 21.

107. Vue intérieure de la cathédrale de Rouen.

> Beau dessin à l'aquarelle signé et daté 1848. H. 28, L. 21.

108. Cour de l'abbaye de St Amand à Rouen.

> Très belle aquarelle signée et datée 1848. H. 44, L. 31. Vente Mansson.

MARVY (Louis).

109. Paysage.

> Fusain rehaussé de couleurs. H. 9, L. 15. On y a joint : un intérieur de cloître. Aquarelle.

MEUNIER, architecte.
(1795-1871)

110. Réunion de divers monuments de Paris : le Panthéon, la Porte St Denis, la colonnade du Louvre, la fontaine des Innocents, etc.

> Beau dessin à l'encre de Chine et la sépia. Coll. Odiot, 1850. H. 40, L. 65.

MOREL (A.).

111. Composition décorative représentant un intérieur d'appartement richement orné. — Intérieur d'une galerie.

> Deux aquarelles gouachées faisant pendants. H. 34, L. 24.

MOREY (PROSPER).
(1805-1878)

112. Composition représentant des monuments antiques vus d'un atrium.

> Dessin à l'aquarelle signé et daté 1841. H. 22, L. 15.

113. Vue de l'Acropole d'Athènes. Composition.

> Belle aquarelle. H. 21, L. 31.

NICOLLE (VICTOR-JEAN).
(1754-1826)

114. Vue de la Place Antonine à Rome.

> Beau dessin à la plume et à l'aquarelle. H. 40, L. 65. Coll. Maingot, architecte de la Ville de Paris, 1850.

115. Vue du Forum, à Rome.

> Belle aquarelle. H. 42, L. 65. Coll. Maingot, 1850.

116. Vue du Temple de Vesta à Rome.

> Beau dessin à l'aquarelle. H. 35, L. 45.

117. Vue de la place et colonne Antonine à Rome. — Vue l'église de Nérée prise des ruines du cirque de Caracalla, à Rome.

> Deux petites aquarelles. H. 6, L. 9. Vente Maingot.

118. Vue perspective de la place Navone à Rome.

> Très beau dessin à la plume lavé en couleurs. Coll. Maingot, 1850. H. 42, L. 69.

119. Vue de St-Georges-des-Grecs à Venise. — Vue de la place Ste Justine à Venise. — Vue de la place des Carmes à Venise. — Vue de la place St Jean à Messine. — Vue de la coupole de St Matteo à Messine. — Vue de St Sébastien à Venise.

> Six petits dessins à la plume et à l'aquarelle. H. 9, L. 12.

NICOLLE (VICTOR-JEAN).
(1754-1826)

120. Vue d'une cour en ruine avec un autel à la Madone. —
Vue d'une église en ruine.

> Deux jolis petits dessins à la plume et l'aquarelle signés. H. 18,
> L. 12.

50

121. Vue de la Tour du Temple (Sept. 1813). — Donjon du
château de Vincennes.

> Deux curieux dessins à la plume lavés en couleurs signés. H. 12,
> L. 17.

230

122. Vue du Tibre. — Vue du Forum romain.

> Deux dessins à la plume rehaussés de couleurs (le 1er signé) de
> forme elliptique (16 × 21) réunis dans un même cadre.

150

123. Vues de Rome.

> Deux dessins à la plume rehaussés de couleurs. H. 20, L. 32.

320

124. Ruines de Thermes Romains. — Entrée d'un couvent.

> Deux dessins à la plume rehaussés de couleurs (le 2e signé).
> H. 18, L. 12.

50

125. Deux vues de Rome : vue de Ste-Marie-du-Peuple, vue
d'un vieux temple dans la campagne de Rome.

> Deux dessins à la plume rehaussés d'aquarelle. H. 20, L. 31.

260

126. Vues de Rome : Intérieur d'un cloître ; vue d'un ancien
temple.

> Deux dessins à la plume et à l'aquarelle signés. H. 21, L. 32.

380

NICOLLE (JOSEPH).
(1811-1887)

127. Vue d'une ruine à Pompéi.

> Aquarelle signée. H. 18, L. 13.

NOLAU, décorateur.

128. Vieilles maisons à Lisieux.

Belle aquarelle signée. H. 25, L. 18.

129. Vue intérieure de l'Exposition de Londres en 1851.

Dessin à l'aquarelle. H. 30, L. 96.

OUVRIÉ (Justin).
(1806-1879)

130. Vue d'un entrepôt au bord d'un canal.

Beau dessin à l'aquarelle signé et daté de 1834. H. 28, L. 48.

PANINI (Jean-Paul).
(1675-1768)

131. Vue de l'intérieur du Dôme d'Orvieto à Sienne.

Dessin à la plume légèrement rehaussé d'aquarelle. H. 42. L. 60. Coll. Achille Leclere.

132. Vestibule de Saint-Pierre de Rome.

Beau dessin à la plume. H. 41, L. 66. Coll. Achille Leclere.

133. Fragments de monuments antiques.

Dessin à la plume rehaussé d'aquarelle signé des initiales C. P. P. H. 23, L. 33.

134. Arc de Constantin à Rome.

Dessin à la plume rehaussé d'aquarelle. H. 21, L. 32.

PARANT (L.-B.).
(1768-1851)

135. Dessin d'un camée antique.

Aquarelle rehaussée de gouache. Dessin elliptique signé (18-21).

PÉQUÉGNOT.

136. Caricatures sur les peintres ; la lutte des peintres et des photographes ; Poulo Cocorico, la terreur des belles, etc.

5 curieux dessins à la plume et à l'aquarelle, en feuilles.

PERCIER (Charles).
(1764-1838).

137. Intérieur d'un salon décoré d'arabesques de style grec.

Beau dessin à l'aquarelle. H. 17, L. 28. Coll. Achille Leclere.

138. Décoration de la Salle du Trône au Palais des Tuileries.

Beau dessin au trait lavé en couleurs. Vente Ach. Leclere, 1854. H. 37, L. 52.

139. Réunion de monuments antiques (statue sous un portique).

Dessin lavé. H. 30, L. 22.

140. Fragments antiques pour servir de frontispice à l'ouvrage : *Palais et Maisons de Rome.*

Très beau dessin colorié. H. 25, L. 18.

PERLIN, architecte.
(XVIIIᵉ siècle.)

141. Vue perspective de l'intérieur d'un temple animée de nombreux personnages.

Superbe dessin à la plume et lavé, signé et daté 1771. H. 35, L. 50.

142. Vue intérieure de la nouvelle église de la Madeleine, de la Ville-l'Évêque à Paris, d'après Contant d'Ivry, 1762.

Très beau dessin rehaussé d'aquarelle. H. 44, L. 54.

PFNOR (RODOLPHE).

143. Château de Heidelberg. Pavillon de Frédéric Le Sage.

Dessin géométral lavé. H. 100, L. 65.

PINELLI (BART.).
(1781-1834)

144. Le Déluge.

Dessin lavé de bistre signé et daté 1800. H. 69, L. 100. Coll. Gourlier, 1857.

POYET, arch.
(1742-1824)

145. Vue perspective et plan de la nouvelle église St Sauveur à construire rue St Denis.

Belle aquarelle signée et datée 1780. H. 47, L. 67. Les figures sont de Carl Vernet. Vente Cicéri, 1849.

PRIEUR (A.-P.).

146. Temple dédié à la Liberté, projeté sur les ruines de la Bastille et présenté à l'Assemblée Nationale par A.-P. Prieur.

Aquarelle. H. 42, L. 58, en feuilles.

RUBÉ décorateur (A.).
(1815-1899)

147. Paysage avec chaumière.

Aquarelle signée. H. 23, L. 31.

SAIN (C.).

148. Vues du Rhône à Lyon et aux environs.

Deux aquarelles signées et datées 1855. H. 32, L. 52.

SÉCHAN (M.).

149. Manoir d'Escouville à Caen.

60

> Très beau dessin à la mine de plomb rehaussé de blanc, signé et daté 1838. H. 74, L. 53. Coll. Edm. Blanc.

SILVESTRE (Israel).
(1621-1691)

150. Vue du chasteau de Monceaux, 1679.

200

> Dessin au trait lavé. H. 15, L. 48.

SOUFFLOT (J.-G.).
(1709-1780)

151. Perspective intérieure de l'église Ste Geneviève.

300

> Belle aquarelle. H. 47, L. 34.

SOULÈS (Eugène).

152. Vue d'une rue de Rouen et de la tour de la cathédrale.

60

> Aquarelle signée. H. 35, L. 20.

STEINLEN.

153. Vue d'un kiosque sur le Bosphore.

65

> Beau dessin à la plume et à l'aquarelle signé et daté 1812. H. 45, L. 67.

TAYLOR (Baron).

55

154. Crypte de St Gervais à Rome.

> Dessin à la sépia rehaussé de blanc. Signé et daté 1830. H. 30, L. 22. Coll. Cicéri, 1849.

THIÉNON père.

155. Vue d'un ancien couvent (La Cava).

> Dessin à la sépia. Coll. Gourlier. H. 23, L. 18.

THIÉNON (Louis).

156. Vue des Dômes de Saint-Marc et de l'escalier des Géants prise de l'intérieur de la cour du Palais ducal à Venise.

Belle aquarelle signée et datée 1842. H. 49, L. 75.

THIBAULT (Jean-Thomas).
(1757-1826)

157. Vue d'un riche palais romain.

Très beau dessin à l'aquarelle. H. 60, L. 94. Vente Odiot père.

158. Vue perspective de la loggia de la villa Madame à Rome.

Grande aquarelle. H. 51, L. 71.

159. Vue perspective d'une salle de bains antique.

Dessin lavé. H. 20, L. 32.

VILLAIN (Ed.).
(1829-1876)

160. Projet de décoration de l'obélisque en 1848.

Aquarelle. H. 34, L. 26.

VILLEMINOT (L.).

161. Frontispice orné de fragments de sculpture et d'attributs.

Dessin à la mine de plomb signé. H. 27, L. 16.

VILLERET

162. Vue perspective de l'Hôtel de Ville de Paris.

Aquarelle signée. H. 22, L. 34.

VIOLLET-LE-DUC (Eug.).
(1814-1879)

163. Vue de la cathédrale de Palerme.

Superbe aquarelle signée E. V. Leduc, provenant de la coll. du Roi Louis-Philippe. Les premiers plans sont animés de personnages. H. 58, L. 88.

164. Vue du porche latéral de la cathédrale d'Albi.

Très belle aquarelle signée et datée 1843. Coll. Ach. Leclere. H. 35, L. 24.

165. Perspective intérieure de l'église S¹ Jean de Latran à Rome.

Belle aquarelle très lumineuse signée et datée 1843. H. 42, L. 33.

166. Perspective cavalière et plan du château de Meez de Menou, d'après un dessin du xvie siècle.

Dessin lavé en couleurs. H. 28, L. 42.

167. Vierge de la croix du cloître. Moitié d'exécution.

Dessin au crayon et à la sépia signé et daté : nov. 1855, en feuille. H. 30, L. 25.

VISCONTI (Louis).
(1791-1846)

168. La Fontaine Molière, à Paris.

Dessin à l'aquarelle signé et daté 1846. H. 52, L. 39.

169. Fontaine Richelieu, place Louvois.

Très beau dessin lavé et en couleurs, signé. H. 58, L. 71. Vente Vatout, arch.

ZARRA (A.).

170. Vues de maisons et monuments du moyen âge pour des
décors de théâtre.

> Deux belles aquarelles gouachées signées. H. 42, L. 28.

171. Vue d'une fontaine gothique.

> Aquarelle signée. H. 40, L. 25.

Collection de Dessins

à la mine de plomb, à la sépia ou à l'aquarelle
*pour illustrer l'**Univers Pittoresque** publié*
chez Didot, format in-8°, en feuilles.

172. Vues de France, 12 dessins par Gaucherel.

173. Vues de Spalatro, de Mérida et de Pola, 11 dessins par
Cassas.

174. Vues de France, 12 dessins par Gaucherel.

175. Vues de France et de Belgique, 13 dessins par Gibert.

176. Vues de France, 12 dessins par Gaucherel.

177. Vues d'Asie Mineure et de Palestine, 21 dessins par
Gibert.

178. Vues de France par Guillaumot, 12 dessins.

179. Vues de France, 12 dessins par Gaucherel.

180. Vues de France, 12 dessins par Guillaumot.

181. Vues de France et d'Algérie, meubles, vaisseaux, etc.,
19 dessins par Lemaître.

182. Vues de Rome antique et Pompéï, 14 dessins par Léveil.

183. Vues de France, 12 dessins par Gaucherel.

184. Vues de Rome antique, 14 dessins par Léveil.

185. Statues antiques, sculptures, objets divers, etc., 25
dessins par Léveil.

186. Vues de France, 12 dessins par Gaucherel.

187. Vues de Beauvais, Noyon, Arles, Port St-Esprit, Trèves,
Constantinople, Athènes, etc., 22 dessins par Breton, Alb.
Lenoir, Burty, etc.

ESTAMPES ET PHOTOGRAPHIES

BOSSE (Abr.).

188. Un sculpteur dans son atelier. — Atelier de graveurs,
1642. 2 p. gravées par Abr. Bosse.
Belles épreuves.

CALLOT.

189. La tentation de Saint-Antoine, 1635. In-fol.
Belle épreuve.

CHARPENTIER.

190. Le Cabinet du sieur Girardon, sculpteur. 16 pièces
gravées par Chevallier. In-fol.
Belles épreuves.

COCHIN (d'après C.-N.).

191. Portraits de Ch.-Ant. Jombert et de E. Jeaurat. 2 p.
gravées par Aug. de St Aubin et Martenasi. In-8°.

   Très belles épreuves avec marges.

DELAROCHE (d'après PAUL).

192. L'hémicycle du Palais des Beaux-Arts, gravé par Henriquel-Dupont, d'après Paul Delaroche. Gr. in-fol.

   Très belle épreuve sur Chine signée. Encadrée.

193. Le général Bonaparte franchissant les Alpes, gravé par A. François, d'après Paul Delaroche.

   Très belle épreuve d'artiste sur Chine signée, encadrée.

DELLA BELLA

194. Vue perspective du Pont-Neuf à Paris, gr. par Della Bella. Gr. In-fol.

   Belle épreuve.

DIVERS

195. Vue du temple d'Esculape et du lac de la villa Borghèse à Rome.

   Gravure coloriée encadrée.

196. Deux cadres; lithogr. en couleurs, l'une représente le vitrail de l'Incarnation, composé par Didron, l'autre le Cirque National des Champs-Élysées.

HOLLAR (W.).

197. Vue de la cathédrale d'Anvers, gravée par W. Hollar.

   Belle épreuve encadrée.

JANINET

198. Foire hollandaise, d'après Ostade.

   Belle épreuve imprimée en couleurs.

LA JOUE (d'après).

199. L'architecture, la sculpture, la pharmacie, 3 dessus de portes gravés par C.-N. Cochin.

Belles épreuves.

LE BRUN (d'après).

200. Les tapisseries du Roi, 11 pièces gravées par Le Clerc et Fonbonne d'après Ch. Le Brun. In-fol.

LEYS (d'après).

201. Le Bourgmestre Six chez Rembrandt, lithogr. par Mouilleron.

Epreuve encadrée.

ORNEMENTS

202. Montants d'ornements et frises d'après Cauvet. — Cadran à vent de M. le Duc de Mortemar en 1724, gr. par Huquier, d'après Meissonnier. 5 p. gr. in-fol.

Belles épreuves avec marges.

PHOTOGRAPHIES

203. Trois vues des Grands pavillons du Louvre, par Baldus (Pavillons Richelieu, Turgot et Sully). H. 80, L. 55.

204. Vue de Forum romain. Vue de la place St Pierre à Rome.

Deux grandes photographies.

PIERRE (d'après J.-B.-M.).

205. Les jardinières italiennes au marché. — Les villageois de l'Apennin. 2 p. gravées par J. Ouvrier. In-fol.

Belles épreuves avec marges.

PORTRAITS

206. Portraits d'artistes et d'amateurs. Fr. Boucher, G. Coustou, Jean Mariette, E. Jeaurat, Baronne de Grapendorf, etc., 6 pièces gravées par Carmona, N. de Larmessin, Daullé, Lempereur, etc.

RAPHAËL (d'après).

207. Les loges du Vatican, gravées par Ottoviani. 3 p. gr. in-fol.

Très belles épreuves coloriées. Encadées.

208. Vue perspective des loges de Raphaël.

Gravure coloriée encadrée.

209. Le festin des Dieux et pendant, d'après Raphaël.

Deux gravures gouachées.

210. Les Trois Grâces, gravé par Forster, 1841. In-fol.

Superbe épreuve avant la lettre sur Chine, avec dédicace signée.

ROBERT (d'après LÉOPOLD).

211. Les Moissonneurs et les Pêcheurs; 2 grandes pièces gravées par Prévost.

Belles épreuves encadrées.

ROCHEBRUNE (O. DE).

212. Vue de Notre-Dame-de-Paris. — Vue du château de Chambord. Deux grandes eaux-fortes.

Belles épreuves encadrées.

213. Intérieur de l'escalier du château de Chambord.

Belle épreuve avant la lettre. Encadrée.

SCHEFFER (d'après ARY).

214. Mignon regrettant sa patrie. — Mignon aspirant au ciel. — Mignon et son père. 3 pièces gravées par François.

> Trois belles gravures dans un même cadre.

VANLOO (d'apr. CARLE).

215. L'architecture, la peinture. 2 pièces gravées par Fessard, 1756. In-fol.

> Belles épreuves à toutes marges.

VASI (J.).

216. Vue de la place St Pierre à Rome, gravure de Vasi, 1774. Gr. in-fol.

> Belle épreuve encadrée. On y a joint deux vues de Rome, par Vasi, en feuilles.

217. Sous ce numéro, il sera vendu par lots de bons dessins et aquarelles relatifs à la décoration et à l'architecture, ainsi que des estampes anciennes et modernes.

Typ. J. JOUVENCEL, 53, rue de Normandie, Maisons-Alfort.